10 CUENTOS mágicos

para contar en 1 minuto

♪*Beascoa

Título original: *My First Book of Bedtime Stories (Strange and Silly)*
Primera edición: octubre de 2017

©Miles Kelly Oublishing Ltd 2016
© 2017, de la presente edición en castellano:
Penguin Random House Grupo Editorial, S.A.U.
Travessera de Gràcia, 47-49. 08021 Barcelona
© 2017, Victoria Simó Perales, por la traducción

Printed in Spain – Impreso en España

ISBN: 978-84-488-4874-3
Depósito legal: B-14493-2017
Maquetado por Magela Ronda

Impreso en Gráficas 94, S.L.,
Sant Quirze del Valles (Barcelona)

BE 48743

Penguin
Random House
Grupo Editorial

Índice

Las estrellas del cielo

Había una vez una niña que quería alcanzar las estrellas del cielo para jugar con ellas. Un buen día se puso en camino con la intención de encontrarlas.

Camina que te camina, llegó a un arroyo cantarín.

—Buenos días, riachuelo —lo saludó—. Estoy buscando las estrellas del cielo para jugar con ellas. ¿Tú no las habrás visto, por casualidad?

—Pues claro que sí, jovencita —respondió el arroyo—. Por la noche titilan entre mis aguas. Date un baño y a lo mejor encuentras alguna.

Y la niña estuvo nadando y venga a nadar, pero no encontró

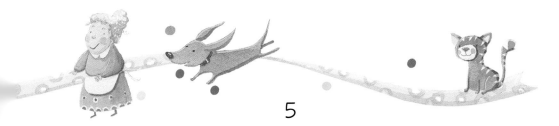

ni una sola estrella en el agua.

De manera que siguió andando hasta que se topó con unas hadas bailarinas.

—Buenos días, hadas —empezó, educada—. Estoy buscando las estrellas del cielo para jugar con ellas.

¿Vosotras me podríais ayudar?

—Desde luego que sí —asintieron ellas—. Todas las noches se reflejan en la hierba del prado. Baila un ratito con nosotras y a lo mejor baja alguna.

Y tomaron las manos de la niña para jugar al corro. Bailaron horas y horas, pero ninguna estrella bajó. La pobre niña se sentó en la hierba y se echó a llorar.

—Ay, qué triste estoy —sollozó—.
Me he hartado de nadar y de
bailar, pero si nadie me ayuda
nunca encontraré las estrellas del
cielo para jugar con ellas.

Las hadas, también conocidas
como la buena gente, empezaron a
cuchichear. Por fin una se acercó y
le dijo:

—Está bien. Si estás decidida a
seguir adelante, te ayudaremos.
Asegúrate de tomar el camino

recto. Pídele a Cuatro Pies que te lleve a casa de Sin Pies. Y entonces dile a Sin Pies que te suba por las escaleras sin peldaños, y si llegas arriba del todo...

La niña no entendía nada de nada, pero salió trotando en línea recta hasta que encontró un caballo atado a un árbol.

—¡Tú debes de ser Cuatro Pies! —exclamó—. ¿Me llevarías hasta las estrellas del cielo?

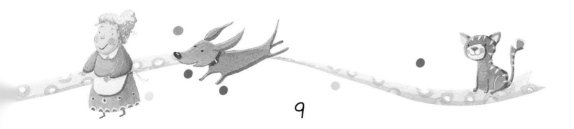

—No —replicó el caballo—. Yo no sé nada de estrellas. Además, tengo que obedecer en todo a la buena gente. No puedo hacer lo que me dé la gana.

—Claro que no —respondió la niña—. Pero vengo de bailar con ellas y me han sugerido que le pida a Cuatro Pies que me lleve hasta Sin Pies.

—Ah, pues eso cambia las cosas —asintió el caballo—. ¡Monta!

El caballo y la niña dejaron el bosque atrás y fueron a parar a orillas del mar.

Ante ellos brillaba un camino plateado que conducía en línea recta hasta un precioso arco pintado con todos los colores del mundo. El arco surgía del agua y subía y subía hacia el cielo. La niña jamás había visto nada tan precioso.

—Ahora baja —le dijo el caballo—. Aquí termina la tierra y ningún Cuatro Pies puede llegar más allá. Yo tengo que volver a casa.

La niña bajó del caballo y se quedó parada en la orilla. En ese momento apareció nadando un pez muy extraño que se detuvo a sus pies.

—Buenos días, Gran Pez —lo saludó—. Estoy buscando las

escaleras que conducen a las
estrellas del cielo para jugar con
ellas. ¿Tú podrías enseñarme el
camino?

—No —replicó el pez—. Lo tengo
prohibido, a menos que vengas de
parte de las hadas, claro.

—Pues sí —asintió la niña—. Las
hadas me han dicho que Sin Pies
me llevaría a las escaleras sin
peldaños.

—Ah, bueno —respondió el pez—.

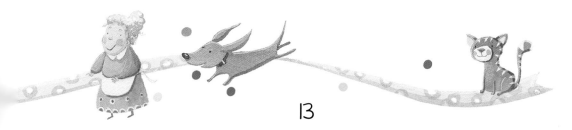

En ese caso no hay problema. Súbete a mí y agárrate fuerte.

Y el pez la llevó por el camino de plata hacia el arco de colores.

En el nacimiento del arco la niña vio una senda ancha y brillante que ascendía hacia el cielo. Y allí, al final de ese camino, unos pequeños puntos de luz bailoteaban contentos.

—Bueno —anunció el pez—, pues ya hemos llegado.

Esta es la escalera que buscabas.
Sube si puedes, pero cuidado, no
vayas a resbalar.

Y de un chapuzón se sumergió
en el agua.
La niña subió
y subió. Tanta

luz la mareaba y estaba temblando de frío, pero siguió ascendiendo hacia las estrellas lejanas que centelleaban y bailaban en lo alto.

Y entonces...

¡qué mala pata! Estaba tan cansada que resbaló y empezó a

caer escaleras abajo como quien se desliza por un tobogán.

Hasta que... *¡plam!* La niña se despertó en su cama. En ese preciso instante oyó que entraba su madre para anunciarle que el desayuno estaba listo.

El pez y la liebre

Érase una vez un leñador muy pobre que talaba árboles en el bosque. Un día se topó con un árbol hueco. ¿Y sabéis qué había dentro del tronco? Un enorme

caldero lleno de monedas de oro.
El hombre daba saltos de alegría.

—¡Viva! —exclamó—. Con todo
este dinero podré comprar
comida, bebida y carbón para
el invierno.

De repente, dejó de saltar.
Acababa de acordarse de que
su mujer era incapaz de guardar
un secreto. Hablaba por los codos,
tanto que el pueblo entero estaba
al corriente de sus asuntos.

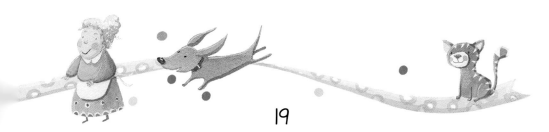

«Si la gente se entera de que he encontrado un tesoro, el policía del pueblo acabará por saberlo», discurrió el leñador. «Y ese hombre es tan codicioso que encontrará la manera de quedarse con el dinero.» Para evitarlo, ideó un plan.

El hombre escondió el caldero bien escondido y se internó un poco más en el bosque. Atrapó una liebre y pescó un pez. Colgó el pescado en la copa de un árbol y dejó la liebre flotando en el río con ayuda de una red. Luego regresó a su casa para darle la buena noticia a su mujer.

—¡Un caldero lleno de oro, nada menos! —le explicó—. ¿Qué te parece si vamos a buscarlo en nuestra vieja carreta?

La pareja se puso en camino. Mientras recorrían el bosque, el leñador le comentó a la mujer:

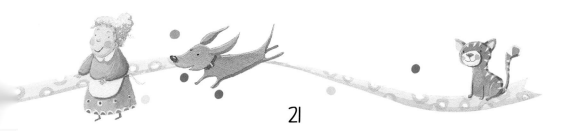

—¡Hay que ver cómo han cambiado las cosas! Me han dicho que los peces viven ahora en los árboles. Y las liebres se han trasladado a los ríos.

—¿De verdad? —se asombró la mujer, y miró a su alrededor con curiosidad. Al momento exclamó—: ¡Es verdad! ¡Hay un pez en ese árbol!

Un poco después, la mujer descubrió la liebre. Como estaba tan lejos, no se fijó en la red y comentó:

—¡Y mira eso! ¡Hay una liebre en el río! ¡Adónde iremos a parar!

Al poco rato recogieron el caldero, lo taparon con sacos y emprendieron el regreso a casa.

Como es natural, estaban felices y contentos con su tesoro. Pero muy pronto, tal como el marido se temía, la mujer empezó a hablarle del dinero a todo aquel que quiso escucharla.

La noticia llegó a oídos del avaricioso policía, que enseguida se puso a pensar la manera de apropiarse de las monedas. Por fin, envió a unos cuantos guardias a casa del leñador para informarle

de que cualquier dinero
encontrado en el bosque
pertenecía a la policía. El leñador
se encogió de hombros diciendo:

—No sé de qué dinero hablan.
Eso es un cuento de mi esposa.
Siempre se está inventando trolas.
Pregúntenle cómo lo encontramos
y lo comprobarán.

Los guardias mandaron llamar a
la esposa para que contara su
historia.

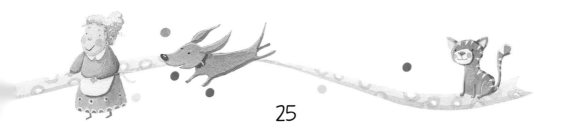

—Pues verán, estábamos recorriendo el bosque cuando vimos un pez en un árbol...

—Los peces no viven en los árboles —la interrumpió un guardia.

—Ya, pero últimamente sí —replicó la esposa—. Y entonces

apareció una liebre nadando en el río.

—Qué tontería —resopló otro guardia—. Perdonen por las molestias.

Y, dicho eso, se marcharon.

Así que el leñador y su esposa se quedaron con todo el dinero y vivieron felices por siempre jamás.

Los deseos del picapedrero

Había una vez un picapedrero que cada día acudía a trabajar a una montaña cercana. Cortaba bloques de piedra de la ladera para construir casas y caminos.

Un día, el picapedrero llevó unos pedruscos a casa de un hombre rico. ¡Cuánto lujo! Cortinas de seda bordadas con plata cubrían las ventanas. Las mesas contenían ricos pasteles y dulces exquisitos. Los muebles eran de oro y de maderas exóticas.

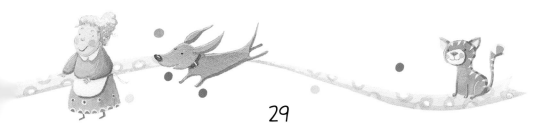

El picapedrero pensó para sus adentros: «¡Ay, ojalá yo también fuera rico!». Y una voz le respondió:

—Soy el hada de la montaña. Tu deseo será concedido. ¡En hombre rico te convertirás!

Cuando el picapedrero llegó a su casa, no encontró su choza de siempre sino un hermoso palacio decorado con preciosos muebles. Esa noche durmió en un colchón relleno de plumas de ganso y se tapó con sábanas de seda.

Durante un tiempo, el picapedrero se conformó con dar órdenes a los criados y disfrutar de sus espectaculares tesoros. Pero una mañana vio pasar una lujosa carroza. La arrastraban cuatro caballos blancos adornados con blancos penachos y riendas de color turquesa.

Un príncipe muy elegante viajaba en el carruaje. Lo

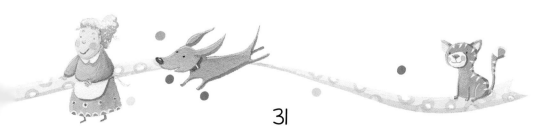

acompañaba un criado que sostenía una sombrilla dorada sobre su cabeza.

—¡Ay, quién fuera príncipe! —suspiró el picapedrero—. Ojalá pudiera pasearme en una carroza como esa. Y si alguien sostuviera una sombrilla dorada sobre mi cabeza, sería el hombre más feliz de la tierra.

El hada de la montaña habló de nuevo.

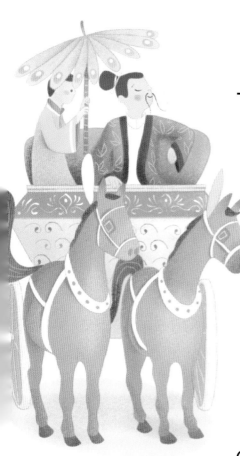

—Tu deseo ha sido escuchado. Príncipe serás.

Y en príncipe se convirtió. Iba de acá para allá en una carroza azul con detalles de plata y un criado sostenía una sombrilla de plumas de pavo real sobre su cabeza. Pero corría el verano, y el sol calentaba con

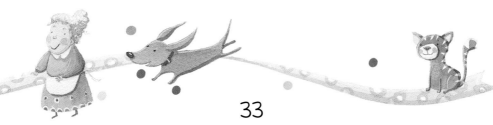

fuerza. El picapedrero se acaloró.
Al mirar el paisaje, se fijó en los ríos
resecos. De nuevo se lamentó:

—El sol es más poderoso que yo.
¡Ay, cómo me gustaría ser el sol!

Y el hada de la montaña
anunció:

—Tu deseo ha sido
escuchado. El sol serás.

Y el picapedrero se
convirtió en sol, que brillaba con
fuerza calentando la fría tierra.

Hasta que
una nube se
le plantó
delante y le tapó las vistas. Por
más que lo intentara, sus rayos no
lograban traspasarla. Y exclamó
enfadado:

—¿Cómo? ¿Una nube de nada
impide que mis rayos calienten la
tierra? En ese caso, debe de ser
más importante que yo. ¡Ay, cómo
me gustaría ser nube!

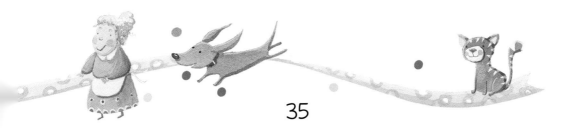

El hada de la montaña declaró:

—Tu deseo ha sido escuchado. Nube serás.

Y en nube se convirtió. A lo largo de varias semanas, impidió el paso del sol. E hizo caer tal chaparrón sobre los ríos que el agua inundó ciudades y pueblos.

Tan solo la montaña siguió en su sitio, como si nada.

—La montaña es más poderosa que yo —se entristeció el

picapedrero—. ¡Ay, quién fuera
montaña!

Y el hada de la montaña
respondió:

—Tu deseo ha sido escuchado.
¡Montaña serás!

Y en montaña se convirtió.

«Esto es lo mejor
que me podía

pasar», se felicitó el picapedrero.

Hasta que un buen día llegó otro picapedrero. Trepó por la ladera y picó con su martillo. Un fuerte temblor sacudió la montaña cuando un gran bloque de piedra se desprendió y cayó al suelo. El picapedrero exclamó:

—¿Cómo es posible que un hombre normal y corriente me rompa en pedazos? ¡Ay, quién fuera un hombre y nada más!

Y el hada de la montaña proclamó:

—Tu deseo será concedido. En hombre te convertirás.

Y se transformó de nuevo en un hombre. Recuperó su trabajo de picapedrero y dejó de soñar con todo aquello que no poseía. Por fin era realmente feliz y el hada de la montaña nunca jamás volvió a abrir el pico.

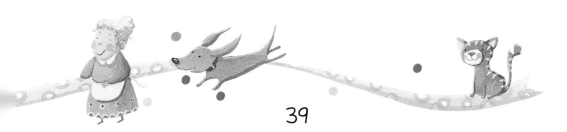

El nabo gigante

Hace mucho tiempo, un viejecito plantó en su huerto unas semillas de nabo. Escarbó la tierra y las regó, arrancó las malas hierbas y las cuidó, y los nabos crecieron de maravilla. Pero uno de los nabos empezó a hincharse.

El nabo engordó
y engordó, y se
hizo tan grande
como una manzana.
Y luego como una
calabaza. Y
por fin creció
más que el mismo
campesino. Era inmenso,
enorme, gigante. Nadie
recordaba haber visto
nunca un nabo parecido.

Cuando el nabo dejó de crecer, el viejecito decidió que había llegado el momento de arrancarlo. Lo agarró con fuerza por el tallo, estiró y estiró, pero... ¡nada! El nabo no se movió.

El hombre avisó a su mujer, que rodeó al campesino con los brazos para ayudarlo. Tiraron con todas sus fuerzas y... ¡nada! El nabo permaneció en la tierra tan tranquilo.

Y entonces la campesina pidió
ayuda a la nieta. Y la niña tiró de la
abuela, que tiró del marido, que
dio un estirón al nabo y... ¡nada! El
nabo se quedó en su sitio.

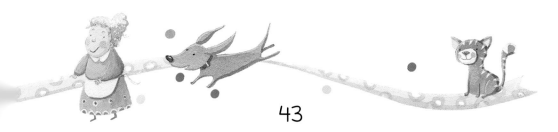

Y la nieta llamó al perro, que también se unió a la fila. El perro abrazó a la nieta, que abrazó a la campesina, que se aferró al viejecito, que tironeó como un desesperado. Pero el gigantesco nabo no asomó ni un poquito.

El perro avisó al gato por si aún no eran bastantes. Y el gato se agarró al perro, y este a la niña, y la niña tiró de la abuela que rodeaba al hombre con los brazos.

Y el campesino estiró y estiró pero... ¡nada! El nabo no aparecía.

Y el gato llamó al ratón. Y el ratón tiró del gato, que tironeó del perro, que abrazaba a la nieta, que agarraba a la campesina que seguía aferrada al viejecito. Y el campesino estiró y estiró. Juntos tenían muchísima fuerza pero el nabo ni se inmutó.

Y entonces todos cogieron aire, pegaron un fuerte estirón y,

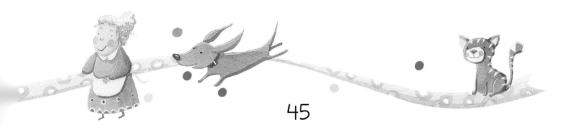

de golpe y porrazo... ¡flop!

El gigantesco nabo salió de la tierra y todos cayeron de espaldas.

El campesino cargó el nabo en la carretilla para llevarlo a casa. Comieron nabo para desayunar, para merendar, para almorzar y para cenar. A decir verdad, cuando por fin lo arrancaron, comieron nabo a todas horas durante muchos, muchos días.

El sueño de los tres hombres

Había una vez tres hombres que iban juntos de viaje. Un día se perdieron, y en vez de seguir caminando decidieron echarse a dormir bajo los árboles. La única comida que les quedaba era un

trocito de pan y todos estaban
hambrientos.

—Si nos lo repartimos —razonó el
primer hombre— los tres nos
quedaremos con hambre.
Propongo que nos acostemos a
dormir. El que tenga el sueño más
maravilloso se comerá el trozo de
pan por la mañana.

A todos les pareció buena idea.
Guardaron el trozo de pan en una
bolsa y se tumbaron a descansar.

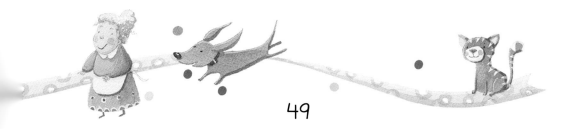

Pero uno de los viajeros era un poquitín tramposo. Durante la noche, se levantó y se zampó el pan. Y luego siguió durmiendo tan pancho.

A la mañana siguiente, dos de los hombres se levantaron muertos de hambre. El tercero despertó también, pero se quedó tumbado con los ojos cerrados mientras discurría qué excusa dar a sus amigos. A los otros dos se les hacía la boca agua pensando en el trozo de pan, así que el primero empezó a contar su sueño.

—He soñado que un grupo de ángeles dorados bajaban y me

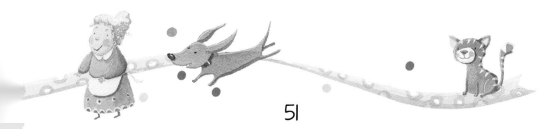

llevaban al cielo —explicó—. Arriba un coro de ángeles tocaban sus trompetas y el más importante de todos me esperaba en la puerta para darme la bienvenida.

Y entonces le tocó el turno al segundo hombre.

—Yo también he soñado que iba al cielo. En mi sueño el propio Dios me daba la bienvenida y me invitaba a sentarme junto a su trono dorado. Mi sueño es más maravilloso que el tuyo, así que yo me comeré el pan.

El tercer hombre fingió despertar en ese momento. Se quedó mirando a sus dos amigos con cara de sorpresa.

—¿Cómo? ¿Aún estáis aquí? —exclamó—. He soñado que los dos subíais al cielo. Que yo sepa, nadie vuelve de ese lugar, así que me he levantado y me he comido el pan.

Las orejas del Rey Midas son de asno

Hace mucho tiempo, en la antigua Grecia, las personas creían en muchos dioses distintos. Esta historia trata del rey Midas, que tuvo la mala pata de hacer enfadar a uno de esos dioses.

El dios castigó al rey Midas cambiándole las orejas por otras de asno. Un asno es lo mismo que un burro, así que el pobre tenía una pinta ridícula a más no poder. En vez de sus bonitas orejas humanas, unas

enormes orejas grises y peludas despuntaban de su cabeza.

Como se moría de vergüenza, el rey Midas no quería que nadie viera sus orejotas de asno. Se encasquetó una corona de oro muy alta que solo se quitaba para meterse en la cama, a solas en su habitación. Nadie salvo una persona conocía su desgracia: el hombre que le cortaba el pelo. El rey no podía esconder las orejas

de asno a su peluquero. Pero le
hizo prometer que no le contaría
a nadie su secreto. El pobre
peluquero estaba deseando hablar
de ello pero había prometido
cerrar el pico y sabía que el rey se
enfadaría mucho si hablaba más
de la cuenta.

Un día, charlando con un amigo,
el peluquero estuvo a punto de irse
de la lengua. Tan cerca estuvo de
soltar toda la historia que se quedó

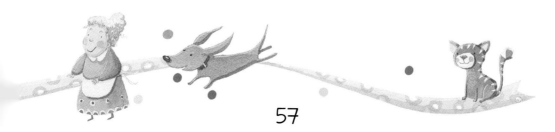

muy preocupado por si en algún momento se le escapaba sin querer. Por fin, tuvo una idea. Le revelaría el secreto a algo inanimado. De ese modo, se desahogaría pero no traicionaría al rey.

El peluquero salió del pueblo y tomó un camino de campo hasta llegar a la orilla de un río. Una vez allí se arrodilló, excavó un hoyo y susurró al interior:

—Las orejas del rey Midas son de asno.

Uf, qué alivio. El peluquero tapó el hoyo con tierra y volvió al pueblo mucho más tranquilo.

Durante un tiempo, el secreto del rey Midas estuvo a buen recaudo en su hoyo. Pero un día crecieron unos juncos allí donde el peluquero lo había enterrado.

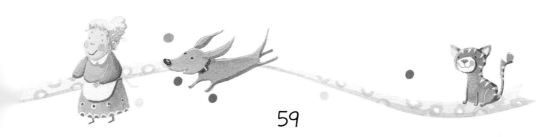

Cada vez que soplaba la brisa, los juncos se mecían con el aire susurrando:

—Las orejas del rey Midas son de asno. Las orejas del rey Midas son de asno...

El susurro llegó a oídos de las personas que paseaban a orillas del río, que escucharon interesados. Pronto empezaron a correr los rumores:

—¿Te has enterado? Las orejas del rey Midas son de asno.

Y en un abrir y cerrar de ojos, todo el pueblo estaba al corriente del secreto.

El rey Midas no pudo hacer nada por evitarlo. Cada vez que soplaba el viento, los juncos susurraban: «Las orejas del rey Midas son de asno». Y al rey no le quedó más remedio que darse por vencido y enseñarle a todo el mundo sus

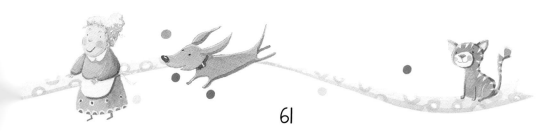

orejotas. Los juncos jamás dejaron de susurrar su historia. Y si alguna vez caminas cerca de unas cañas mecidas por el viento, tú también podrás oírla.

Los tres deseos

Hace mucho tiempo, una mujer estaba tan tranquila en su casa esperando el regreso de su marido cuando una dama muy elegante llamó a la puerta y le pidió prestada una sartén.

La mujer no la conocía de nada,

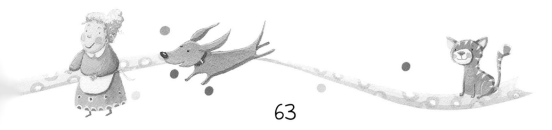

pero tenía buen corazón y se la dejó encantada. Dos días más tarde la dama se la devolvió diciendo:

—Muchas gracias por prestarme la sartén. Como recompensa, te concedo tres deseos.

Dicho eso, desapareció. La buena mujer dio saltos de emoción. ¡Tres deseos, nada menos! Al momento se puso a pensar si pedir esto o lo de más allá. Pero al final discurrió que sería mejor esperar a su marido para poder decidirlo entre los dos.

Y al cabo de un rato cambió de opinión. Sería una pena que el hombre, a su regreso, no pudiera cenar nada más que unos mendrugos de pan. Y se acordó de la salchicha que estaba preparando su vecina la última vez que fue a visitarla.

—Ay, me gustaría tener una

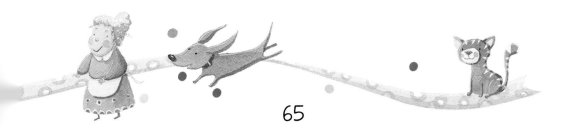

salchicha como esa en mi cocina.

Al momento, una deliciosa salchicha apareció sobre la mesa.

Estaba a punto de llevarla a la sartén cuando entró el marido.

—¡Querido! —exclamó la mujer—. Ya no tendremos que trabajar duro ni pasar

penalidades. Le he prestado la sartén a una dama muy elegante que me ha concedido tres deseos. ¡Y se hacen realidad, porque mira esta salchicha tan rica que he pedido para cenar!

—¿Cómo? —se enfadó el marido—. ¿Me estás diciendo que has desperdiciado un deseo con una salchicha? Si podrías haber pedido la luna. ¡La salchicha esa te la pondría yo por nariz!

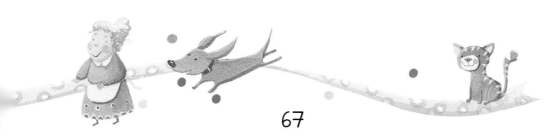

¡Zas! Ahí estaba la salchicha, colgando de la nariz de la mujer. Intentó arrancársela, pero no hubo manera.

El marido quiso ayudarla. Tiró de la salchicha y la estrujó, pero no le sirvió de nada.

Ahora solo les quedaba un deseo. ¿Qué podían pedir? Podrían haber deseado riquezas y palacios, ¿pero cómo iban a disfrutarlos teniendo la pobre mujer esa

salchicha colgada de la nariz?

No quedaba más remedio. El marido empleó el último deseo en pedir que la salchicha volviera a la mesa. Cuando el deseo se cumplió, el marido y la mujer dieron saltos de alegría. Porque, por muy ricas que estén las salchichas cuando te las llevas a la boca, tener una colgando de la nariz toda la vida no tiene ninguna gracia.

Tikki Tikki Tembo

Había una vez dos hermanos que vivían en la lejana China. Uno se llamaba Sam y el otro Tikki Tikki Tembo No Sarimbo Hari Kari Bushkie Perry Pem Do Hai Kai Pom Pom Nikki No Meeno Dom Barako.

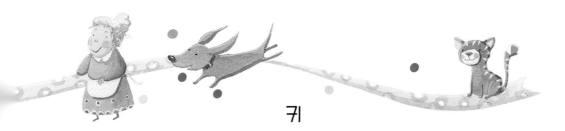

Un día, estaban jugando a orillas del río que pasaba por el jardín de su casa cuando Sam cayó al agua. Tikki Tikki Tembo No Sarimbo Hari Kari Bushkie Perry Pem Do Hai Kai Pom Pom Nikki No Meeno Dom Barako corrió a avisar a su madre entre gritos.

—¡Deprisa, Sam se ha caído al río!

—¿Cómo? —exclamó la madre—. ¿Que Sam se ha caído al río? ¡Hay que decírselo a tu padre!

Salieron disparados a buscar
al padre gritando a viva voz:

—¡Deprisa, Sam se ha caído
al río! ¿Qué hacemos?

—¿Que Sam se ha caído al río?
—chilló el padre—. ¡Hay que
decírselo al jardinero!

Y allá que fueron vociferando:

—¡Deprisa, Sam se ha caído
al río! ¿Qué hacemos?

—¿Que Sam se ha caído al río?
—repitió el jardinero, y fue a buscar

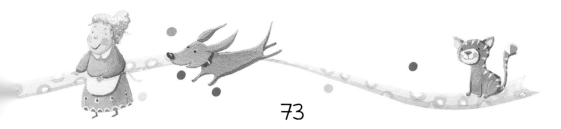

una cuerda deprisa y corriendo.
Rescató a Sam, que temblaba de
frío y estaba empapado y muy
asustado, pero también feliz
de haber sobrevivido.

   Pasado un
tiempo, los dos
hermanos se
acercaron de
nuevo a jugar al
río. En esta
ocasión fue

Tikki Tikki Tembo No Sarimbo Hari Kari Bushkie Perry Pem Do Hai Kai Pom Pom Nikki No Meeno Dom Barako el que cayó al agua.

Sam corrió a avisar a su madre muy asustado:

—¡Deprisa, Tikki Tikki Tembo No Sarimbo Hari Kari Bushkie Perry Pem Do Hai Kai Pom Pom Nikki No Meeno Dom Barako ha caído al río! ¿Qué hacemos?

—¿Cómo? —exclamó la madre—

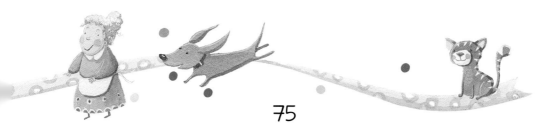

¿Que Tikki Tikki Tembo No Sarimbo Hari Kari Bushkie Perry Pem Do Hai Kai Pom Pom Nikki No Meeno Dom Barako ha caído al río? ¡Hay que decírselo a tu padre!

Madre e hijo se apresuraron junto al padre gritando:

—¡Deprisa, Tikki Tikki Tembo No Sarimbo Hari Kari Bushkie Perry Pem Do Hai Kai Pom Pom Nikki No Meeno Dom Barako ha caído al río! ¿Qué hacemos?

—¿Que Tikki Tikki Tembo No
Sarimbo Hari Kari Bushkie Perry
Pem Do Hai Kai Pom Pom Nikki No
Meeno Dom Barako ha caído al río?
—chilló el padre—. ¡Hay que
decírselo al jardinero!

Los tres salieron a buscarle.

—¡Deprisa, Tikki Tikki Tembo No
Sarimbo Hari Kari Bushkie Perry
Pem Do Hai Kai Pom Pom Nikki No
Meeno Dom Barako ha caído al río!
¿Qué hacemos?

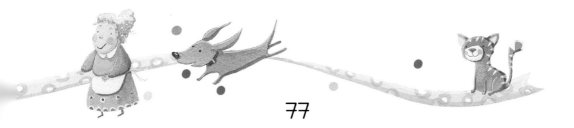

—¿Que Tikki Tikki Tembo No Sarimbo Hari Kari Bushkie Perry Pem Do Hai Kai Pom Pom Nikki No Meeno Dom Barako ha caído al río? —repitió el jardinero.

Fue a buscar una cuerda sin perder un momento y sacó a Tikki Tikki Tembo No Sarimbo Hari Kari Bushkie Perry Pem Do Hai Kai Pom Pom Nikki No Meeno Dom Barako del agua. Pero el pobre chico llevaba tanto rato

en el agua que por poco se ahoga.
Y desde aquel día, los chinos
escogen nombres cortos para
sus hijos.

Ícaro, el niño volador

Hace mucho, mucho tiempo, un niño llamado Ícaro vivía en una isla de Grecia. El rey de la isla los había contratado a su padre y a él para hacer un trabajo, pero al poco tiempo se enfadó con ellos y,

como castigo, les prohibió que
se marcharan.

   Podían recorrer la isla a sus
anchas, pero no se les permitía
volver a casa. Y aunque Ícaro y su
padre estaban deseando escapar,
no había ningún barco a mano y
la isla estaba demasiado lejos de
cualquier parte como para huir
a nado.

   El padre de Ícaro, que era muy
listo, siempre estaba inventando

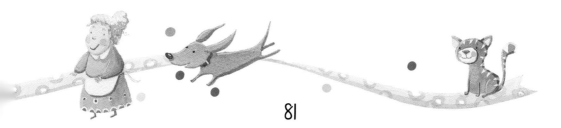

cosas. Un buen día tuvo una idea.
Le pidió a su hijo que recogiera
tantas plumas como pudiera
encontrar mientras él
se acercaba al panal
de abejas para sacar
un poco de cera.

Ícaro pasó días
y días recogiendo
plumas por toda la
isla. Cuando hubo
reunido un saco

lleno, su padre puso manos a la obra.

Calentó la cera para ablandarla, le clavó cientos de plumas y fabricó un par de alas para él y otro para su hijo.

—¡Mira Ícaro! —lo llamó—. Con estas alas nos podremos marchar volando.

El padre y el hijo se ataron las alas a los brazos y empezaron a practicar.

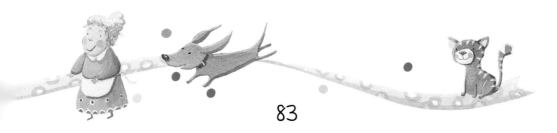

Ícaro dio un gran salto, agitó los brazos con fuerza y remontó el vuelo. Desplazó un ala hacia abajo y descubrió que podía girar. Ícaro aleteó con ganas y, cuanto más aleteaba, más se elevaba. ¡Podía volar!

—Venga, nos vamos —anunció el padre—, pero recuerda dos cosas. No vueles demasiado bajo, porque el agua salada te mojaría las plumas. Y no vueles demasiado

alto, porque el calor del sol
derretiría la cera.

Juntos, Ícaro y su padre
saltaron de un precipicio muy alto.
El padre voló en línea recta,
directamente hacia la tierra que
se dibujaba a lo lejos.

A Ícaro, en cambio, le encantaba
volar. Voló por aquí y por allá,
revoloteó junto a los pájaros y
planeó en grandes círculos. Qué
bien lo estaba pasando...

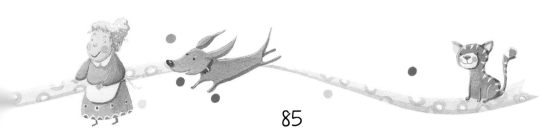

Tanto se divertía que olvidó los consejos de su padre. Subía y bajaba sin pensar en nada, y por fin decidió volar tan arriba como lo llevaran las alas.

—¡Cuidado! —gritó el padre de Ícaro, pero ya era tarde. Ícaro se acercó demasiado al sol y la cera empezó a derretirse en sus brazos. Las plumas se desprendieron de las alas e Ícaro cayó sin remedio.

En un abrir y cerrar de ojos sus

alas habían perdido todas las plumas. Ícaro agitó los brazos pero, como todos sabemos, eso no sirve de nada.

¡Chof! Ícaro se hundió en el mar y tuvo que recorrer a nado el resto del camino. Cuando se reunió con su padre en la orilla, no solo estaba muerto de frío sino también cansadísimo.

—La próxima vez —prometió— escucharé tus consejos.

El puchero mágico

Érase una vez una niña que vivía con su mamá en una pequeña choza. Eran tan pobres que un día se quedaron sin nada que llevarse a la boca, y la niña tuvo que acercarse al bosque a buscar bayas. Allí se encontró con una

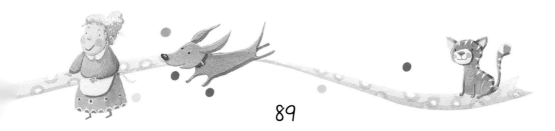

viejecita que recogía leña, y no dudó en ayudarla.

—Gracias —le dijo la anciana—. Eres una niña muy buena. ¿Sabes qué? Yo soy un hada y, como recompensa por tu amabilidad, te voy a regalar este puchero mágico. Si le dices: «Cuece, cuece, pucherito», el puchero se llenará de un riquísimo arroz con leche. Cuando tengas bastante, solo tienes que ordenar: «No sigas, pucherito». Entonces el puchero dejará de cocinar y se limpiará solo.

La niña se llevó el puchero a casa. A partir de ese día, ni ella ni su mamá volvieron a pasar hambre.

¿Que les entraba el gusanillo? La niña decía: «Cuece, cuece, pucherito», y el puchero cocinaba

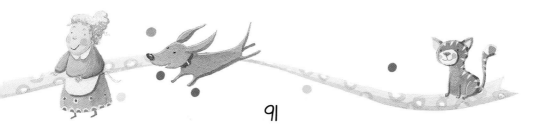

tanto arroz con leche como les apetecía.

Un buen día la hija se marchó a hacer un recado. Como se acercaba la hora de comer, la mamá le pidió al puchero:

—Cuece, cuece, pucherito

La mujer comió hasta hartarse, pero entonces... ¡Oh, no! Había olvidado las palabras mágicas para ordenarle al puchero que dejara de cocinar.

—¡Para ya! —gritó. Pero el arroz seguía saliendo—. ¡Basta, pucherito! —suplicó. Pero no le sirvió de nada—. ¡Pucherito, ya está bien! —chilló. El puchero no le hizo ni caso.

El arroz con leche llenó la olla y se derramó por los fogones. Luego inundó la cocina, salió por la puerta y empezó a amontonarse en el camino.

Cuando la niña volvió a su casa,

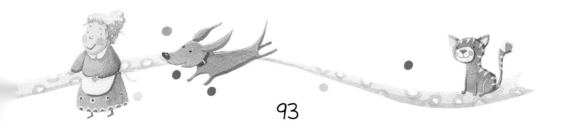

tuvo que chapotear por un río de arroz con leche para entrar.

—¡No sigas, pucherito! —ordenó.

Al momento, el puchero dejó de cocinar. Pero desde ese día, los que van de visita al pueblo de la niña tienen que abrirse paso entre montones de arroz con leche.

Agradecimientos

Advocate Art

Kate Daubney El nabo gigante, Las estrellas del cielo
Lizzie Walkley El pez y la liebre, Los tres deseos

Pickled Ink

Marie Simpson El puchero mágico, Tikki Tikki Tembo

Plum Pudding Illustration

Erica Jane Waters Las orejas del rey Midas son de asno
Alessandra Psacharopulo Los deseos del picapedrero,
Ícaro, el niño volador
Victoria Taylor El sueño de los tres hombres